AF357893

(191e)

NOTICE

D'ESTAMPES

Anciennes et Modernes

ÉTUDES POUR LE DESSIN

DESSINS, AQUARELLES

Composant le Cabinet M. V. R.

PEINTRE ET PROFESSEUR DE DESSIN

DONT LA VENTE AUX ENCHÈRES PUBLIQUES AURA LIEU

HOTEL DES COMMISSAIRES-PRISEURS

Rue Drouot, n° 5

SALLE N° 6, AU PREMIER ÉTAGE

Le Samedi 23 Avril 1864, à une heure précise

Me **DELBERGUE-CORMONT**, Commissaire-Priseur,
rue de Provence, 8,

Assisté de **M. VIGNÈRES**, Marchand d'Estampes,
rue de la Monnaie, 13, à l'entresol, entrée rue Baillet, 1,

CHEZ LEQUEL ON DÉLIVRE LA PRÉSENTE NOTICE.

PARIS

RENOU & MAULDE

Imprimeurs de la Compagnie des Commissaires-Priseurs

RUE DE RIVOLI, 144

1864

CONDITIONS DE LA VENTE

L'ordre de la notice sera suivie.

Au comptant.

Cinq pour cent en plus des enchères, applicables aux frais.

Les lots pourront être divisés à la volonté du vendeur.

Les attributions de l'amateur ont été conservés pour les dessins.

M. VIGNÈRES, dirigeant la Vente, se charge des Commissions.

NOTA. Toute commission sans prix fixé ou sans limite déterminée sera regardée comme nulle.

M. VIGNÈRES se charge de faire marquer les prix aux Catalogues des ventes qu'il a faites. Les personnes qui le désirent peuvent s'adresser à lui *franco*.

AVIS. — Nous prions MM. les Amateurs éloignés de ne pas attendre au dernier jour, pour que les lettres arrivent le matin de la vente ; ils comprendront que quelques lettres peuvent se lire, mais de 20 à 50 lettres, c'est difficile.

Frais 26 %

payé Banal 1.2 S.t Mathieu Montpell	794	25	206	50	587 . 75
payé Vayron rue Galande	107		27	85	79	15
payé Prudhomme	87	75	18	95	68	80
payé Picot voir j.2 c...	41	75	10	85	30	90
payé Marvy	29		6 1	10 44	22	90
payé Marais a Dieppe	28		7	30	20	70
payé D. C.	33		8	60	24	40
payé Drugulin ...	18	75	4	90	13	85
payé Avenir	8	50	2	21	6	30

[illegible handwritten note] 11

Montalemb. [illegible]

Montal[illegible] 3
[illegible]

Vaulas 8
Buda [illegible]
Veillems [illegible]

ESTAMPES ANCIENNES & MODERNES

1 Antiques, têtes, statues, etc. 18 p.

2 **Alexandre de Anna** (d'ap.). Eruption de l'Etna, 1766 ; — du Vésuve, 1779. 2 p. gravées en couleur, rares.

3 **Bellanger.** Fantaisies. 50 p. lithog.

4 **Bodmer.** Eaux-fortes d'animaux. 11 p.

5 **Boissieu.** Son portrait et sujets par et d'après. 20 p.

6 **Bonnet**. La Laveuse, d'ap. Boucher, Femme nue, joli fac-simile de crayon noir et blanc.

7 **Boucher** (d'ap.). Naissance et Toilette de Vénus, l'Amour désarmé. 3 p.

8 — Groupes d'enfants, Jupiter et Calisto, les Bacchantes endormies et autres. 10 p.

9 **Boucher** (D'ap.). Vénus et deux Amours. — Nymphe de fontaine. 2 sanguines, très-gracieuses, très belles.

10 **Cabel** (Van der). Paysages à l'eau-forte. 12 p.

11 **Callot**. Misères de la guerre, 18 p. — Les Gueux, 23 p. — Balli de Sfessania, 24 p. — Les Gobbi, 20 p. — Les Tours de Nesle et du Louvre, Jeu de Boules, Parterre de Nancy, Veillane, Tentation de saint Antoine, Triomphe de la Vierge, Breda, et Foire de Florence, Copie, etc. 20 p. — en tout, 107 p. Pourra être divisé.

12 **Chalon**. Chevaux combattants etc. 4 p., rares.

13 **Ciceri** (Eug). Vues de France avec ton. 14 p.

14 **Claessens**. 15 p. gravées, d'ap. les meilleurs maîtres de l'École flamande, superbe ép. avant la lettre sur chine.

15 **Cochin** (D'ap.). Fig. allégoriques pour l'histoire de France d'Henault. 30 p. et titre in-4.

16 **Demarteau**, etc. Vénus nue, dormant, couchée, vue de dos, etc. 8 p., sanguine.

17 — D'ap. Boucher, Cochin. Têtes de jeunes filles, aux trois crayons, sanguine, sujets maternels et autres. 23 p.

18 — Groupes d'Amours, sanguine. 12 p., 2 lots.

19 **Deshayes** (Célestin). Souvenir de Bretagne. 6 p.

20 **Devéria** et Ferogio, coloriés 14 p.

21 **Devéria**. Portraits de célébrités. 22 p.

22 **Doré** (Gustave). Les différents publics de Paris. 18 p.

23 — 20 grandes lithog. pour le *Journal amusant.*

24 — 23 autres scènes de l'Inde, etc.

25 **Eaux-fortes** de Plonski et autres. 37 p.

26 **Fac Simile**, d'ap. Pérugin, Raphaël, Prudhon, Delacroix, etc. 10 p

27 **Goltzius**. Les Dieux de la fable, 8 p. — Les Héros de l'antiquité, 4 p. — 12 p.

28 **Grenier** et autres. Sujets divers 20 p.

29 **Grevedon**. Têtes de femmes. 15 p.

30 **Hemskerke** et autres. Combats, etc. 26 p.

31 **Johannot**. Vignettes pour F. Cooper et autres, à l'eau-forte et sur chine. 15 p.

32 **Lafage**. Frises, Bacchanales. 32 p.

Varlac

V. clair 16

R. 10

33 **Lalonde**. Boutons de meubles, Targettes, Heur-
toirs, Entrées de serrures, Anneaux de clefs, etc.
10 p.

34 **Lithographies**. Bellangé, 3. — Charlet, 8. —
Delacroix. — Decamps — Gavarni, etc. 19 p. 21 p.

35 **Madou** et autres. Sujets familiers. 20 p.

36 **Michel-Ange** (D'ap.). Jugement universel, au
trait, par Piroli, et texte. 17 p.

37 **Morghen** (R.) La Peinture, la Poésie, Diane,
3 p., d'ap. Hamilton et autre ; toute marge.

38 **Mouilleron** et autres. 21. Titres de musique. -

39 **Ornements**. Corniches de Fay, Vase de Lepôtre ;
Plafonds de Cotelle, Arabesques de Raphaël, Fleu-
rons en bois, etc. 48 p.

40 **Pauquet**, d'ap. Ducis. La Reine et M{ue} de la
Vallière. Ep. chine avant la lettre.

41 **Paysages**, d'ap. Duguet, et par Swanevelt. 9 p.

42 **Petits maîtres**. Aldegraver, Beham, etc. 5 p.

43 **Photographies**. Histoire de Samson d'ap. Decamps, Chien. Paysages et autres. 37 p.

44 **Picart** (B.). Figures allégoriques, etc. 10 p.

45 **Pièces en couleur**. Les trois Grâces, etc. 10 p.

46 **Pinelli**. La Befana, Marchand de dindes, Hôtel-
lerie, Cavalcatore, etc. 6 p.

47 **Piranesi**. Vues de Rome, Marines de Vernet et
autres, 14 p.

48 **Plonski**. Son œuvre en 19 p.

49 **Portraits** gravés et lithographiès. 130 p. S ra
divisé.

50 — Portraits Delpech in-8, lithog. 164 p.

51 **Portraits** gravés par Edelinck et autres, lithog., etc. 52 p. 2 lots.

52 — Portraits anciens, 126 p. 2 lots.

53 — Portraits modernes, 237 p. 4 lots.

54 — Napoléon, sa Famille, Batailles, Famille d'Or-léans, etc. 18 p.

55 **Poussin** (d'ap. N.) La Passion de Stella, 8. — Fêtes à Cérès, à Bacchus, Ravissement de saint Paul, le Temps découvrant la vérité, de Folo, etc. 14 p.

56 **Raffet** (d'ap.) Vignettes pour l'Histoire de la Révolution et autres ouvrages, la plupart sur chine. 47 p.

57 **Rigaud**. Vues de Marseille, etc. 11 p,

58 **Silvestre**, etc. Vues d'Italie, etc. 13 p.

59 **Teniers** (d'ap.). Sujets flamands. 11 p.

60 **Toudouse** (Anaïs) et Leloir. Jeux d'enfants. 15 p. Coloriées, très-belles.

61 **Verheyden** (d'ap.). En usez-vous? Dieu vous bénisse, Pantins du jour, Jupiter et Danaë. 4 p. lithogr., à deux tons.

62 **Vignettes** d'ap. Cochin, Marillier, Moreau, etc,

63 **Vignettes** de Cruikschanke et d'ap. Colin, Meis-sonnier et autres. 20 p.

64 **Wille**. Bonne Femme de Normandie, sa Sœur, le Petit Physicien, Petite Écolière, Maîtresse d'é-cole. 5 p.

65 — Le Concert de Famille. — Les Offres récipro-ques. 2 p.

66 École flamande, N. de Bruin, Blœmart, etc. 24 p.

67 Ecole italienne. L'Ecole d'Athènes de Volpato, le Feu, d'ap. Albane. Adam et Eve, de Folo et autres, 26 p.

68 École française. Coypel, Fragonard, Greuze, Lépicié, Natoire, Pierre, Vanloo, Vien. 16 p.

69 École française, xviie et xviiie siècle. 30 p.

70 Sujets d'enfants de Testelin et autres. 10 p.

71 Jeux de l'Enfance, par Claudia Stella. 24 p.

72 Sujets religieux. Mystiques, dessins en couleur sur vélin coloriés rehaussés d'or, brodés en soie, gravés en bois et en cuivre, et découpés. 220 p. de diverses genres et époques.

73 Sujets religieux. Saints de Sadeler, Vierges et autres. 36 p.

74 Vierges et Sujets de sainteté, noir et couleur, gravés et lithog. 35 p.

75 **Sujets historiques.** Tombeaux. Fêtes, statues. 14 p.

76 Sujets sur la Mort, gravés et lithog., la vraie Vigne chrétienne, très-grande pièce. 9 p.

77 Sujets divers gravés et lithog. Environ 40 p. 2 lots.

78 Vues et scènes du Mexique, lithog. noir à deux tons et coloriées. 10 p.

79 Costumes militaires. Gueux, Ouvriers divers, par Duplessis Bertaux, 36. — Habillement des Anciens, et Paysages de Leclerc, 49. — 85 p. en 5 cahiers.

80 Costumes militaires, par M. de Marbot. 6 p. coloriées.

81 Costumes bretons, grecs et autres. 9 p. coloriées.

82 Les Robert-Macaires. 100 p.

83 Histoire de M. Verjus, par Randon. 50 p.

84 La Morale en image. 39 p.

2 25 85 Le Tabac et les Fumeurs, par Marcelin. 25 p.

2 25 86 Musée omnibus et autres, coloriés. 12 p.

ÉTUDES POUR LE DESSIN

4 50 87 **Boisseau** (H.). Cours élémentaire et progressif de paysages, lithog. à deux tons. 20 p. très-belles.

1 75 88 **Bonnet**. Étude de Paysages, sanguine d'ap. Huet, Sarrasin, etc. 14 p.

4 50 89 **Brainclaire** (Mlle). Rosaces, Guichets des croisées des Tuileries, Clagny, Chapiteaux et autres, d'ap. l'antique. 16 p. en 4 cahiers, à la sanguine.

8 50 90 **Brittan Willis** (H). Etude de figures et animaux pour les paysages. 18 p. chine, rares.

2 6 91 **Calame**. Leçons de dessin, appliqué au paysage. 47 p. lithog., très-faîches.

4 50 92 **Demarteau**. Études de bras, pieds et têtes, d'ap. Pierre Vanlo, etc, 18 p. sanguine.

5 50 93 — Académies, d'ap. Vanloo. 14 p.

2 94 **Ferogio**. Etudes de figures dans le paysage et autres. 14 p.

3 95 **Ferogio** et autres. 18 lithog., la plupart à deux tons.

3 50 96 **Harding**. Etudes pour le paysage. 20 p.

97 **Hubert**. Paysages, Etudes. 47 p., noir et à deux tons.

98 **Petit**. Modillons, fragments, large exécution de sanguine. 16 p. en 3 cahiers.

99 **Salvage**. Anatomie imprimée noir et rouge. 21 planches.

100 **Victor Petit**. Vues et chalets à plusieurs tons. 19 p.

101 **Etudes de Fleurs**. Vases et bouquets, d'ap. Baptiste Monnoyer. 5 p. anciennes.

102 — Couronne et grandes études, lithog. d'ap. nature, par Dumont. 5 p.

103 — Méthode Grobon frères. 22 et autres 28 p. coloriées.

104 — Etudes de Fleurs aux deux crayons, avec rehauts de couleurs, par Julien. 18 p.

105 — Fleurs et Fruits avec ton, par Polisch, 9. — Par Sette, 12. — 21 p.

106 Vases et Bouquets de fleurs, d'ap. Prevot et autres, noir et couleur. 36 p.

107 La Flore d'Amérique, par Denisse. 45 p.

108 **Dessin linéaire**. Architecture et Compositions au trait. 33 p.

109 Etudes de mécaniques et d'architecture au lavis, 5. — Tableaux pour le dessin, l'aquarelle, la géométrie, les pavillons, etc., 10. — 15 p.

110 Etudes d'architecture pittoresque, d'ap. J. Cottman, 10 p. à l'eau-forte, sur chine.

111 **Ornements**, d'ap. l'antique, lithog. par Romagnesi et autres, sanguine. 16 p.

3 50 | 112 **Ornements**. A deux tons et autres, de Carot, Julien, etc. 26 p.

4 | 113 **Etudes d'animaux**, chiens, chevaux, lions, etc., lithog. par Victor Adam. 32 p.

7 | 114 — Chèvres, bœufs et vaches. 6 p. par Demarne.

5 | 115 — Chevaux par et d'ap. C. Vernet, Lion et autres. 20 p.

8 50 | 116 — Les Saisons, trophées par V. Adam. — Chien, loup, par Gingembre. — Ane, lion, sanglier, société des Partageux, et des frères et amis, sujets de chiens, par Emile Lassalle. 11 grandes et belles pièces.

12 . | 117 Etudes d'animaux, lithog. par Brascassat, 3. Cooper, 2. Newton Fielding, 5. Lehnert, 11. Chiens de C. Vernet, 8. Et autres. 32 p.

2 75 | 118 **Lithographies**. Paysages et sujets divers. 54 p.

2 50 | 119 Etudes de paysages et vues, lithog. 25 p.

4 75 | 120 Cours de dessins pour le paysage et l'aquarelle, de

5 50 | 124 Thenot. 30 p.

4 | 121 Cours de paysages, par Thenot. 20 p.

2 75 | 122 Etudes diverses, paysages, marines, têtes, animaux, etc., 60 p.

2 | 123 **Marines**, par Gudin, Morel Fatio, Perrot, etc. 14 p.

10 | 124 — Par Gudin, Episodes maritimes, etc. 14 p.

3 25 | 125 L'Art du dessin, de Jean Cousin. — Le Pastel appris seul par De la Rochenoire. 2 cahiers.

2 25 | 126 **Anatomie**. Tortebat. — Myologie, 3 p. et texte. — Écorché d'Houdon, 3. — Squelettes.

3 | 127 Têtes et Académies en couleur, par Demarteau. 7 p.

128 Études et têtes à la sanguine, par Demarteau, 43 p., etc.   *7 50*

129 Académies, sanguine, par Demarteau, 13 p.   *11 50 Vig*

130 **Académies**. Laocoon, Hercule et autres, d'ap. David, Girodet, Gros. 26 p.   *10*

131 Études de Reverdin. Têtes Jésus, saint Jean, le Christ du Guide, l'Amour, Laocoon, etc. 12 p.   *9 50*

132 Études d'ap. Lebarbier, Raphaël, etc., têtes, 24 p,   *5 Vig*

133 — Pour l'entrée d'Henri IV, de Gérard, 11 p. superbes.   *8 50*

134 — Andromaque, Bélisaire, Corine, Didon, Léonidas, etc. 6 p. très-grandes et belles.   *3 50*

135 — Grandes têtes pour la Cène, avec le portrait de Léonard de Vinci. 14 p. Grand in-fol. et texte.   *5*

136 — Figures et académies, d'ap. Blodel, Delaroche, Raphaël, etc. 27 p.   *4 Vig*

137 — Figures aux deux crayons, par *V. Adam*, *E. Lassalle* et autres. 15 p.   *6 50 Vig*

138 Cours préparatoire pour l'enseignement du dessin dans les lycées, par *Julien*. 36 p. très-belles.   *17*

139 Cours d'études, têtes et académies, d'ap. Schopin et autres. 24 p. par *Julien*.   *6*

140 Études aux deux crayons, grandes études et en couleur, nouveaux groupes. 21 p., par *Julien*, très-belles.   *14*

140 Grandes études d'ap. H. Vernet, pour la *Smala*, aux deux crayons, par *Julien*. 7 p.   *7*

142 Le professeur des dames, figures entières, par Felon, lithog. 6 p.   *3*

2 75 143 Études diverses anciennes, caractère des Passions, de Lebrun et traits de Landon, paysages, têtes, fleurs, gravées et lithog., bois. 120 p.

DESSINS, AQUARELLES

7 50 144 **Anonymes**. Trois trompel'œils, aquarelles. *B*

Voy 6 145 — Architecture, Monuments, Plafonds, détails, Topographie, Statues, etc. 29 lavis et aquarelles. *3*

2 25 146 — Paysages à la sépia. 7 p. *B*

10 147 — Paysages de 1 à 60, à la sépia. 60 p. *B*

Voy 1 148 — Jambes de chevaux, lions, etc., écorchés et nature. 15 p à la mine de plomb.

4 149 — Croquis, figures, portraits. 22 mine de plomb. *3*

Voy 3 50 150 — Paysages à la mine de plomb. 23 p. *3*

Voy 8 151 — Croquis, charges, Peintre, Turc de Carnaval, sapeur, d'ap. Charlet. 5 dessins à la plume largement exécutés. *3*

2 50 152 — Oratoire dans un riche paysage, solitaire; très-belle aquarelle. *B*

Voy 13 153 **BIBIENA**. Intérieur du temple de l'Amour. A la plume rehaussé de couleur. Extérieurs de divers monuments, lavés au bistre. 2 beaux dessins.

2 75 154 **CALAM**, *f*. 1841. Épi de blé. Mine de plomb. *3*

[illegible] 15

[illegible] 12

[illegible] 30

[illegible]

[illegible]

[illegible] 2

[illegible] 5

[illegible] 10

155 CHARLET. Quatre Brigands au repos rient et causent ; un goûte la soupe. Belle et vigoureuse aquarelle.

156 Ecole française XVIIIe siècle. L'Abondance et autres figures allégoriques, sur un motif d'ornement ; au fond éruption du Vésuve. Superbe dessin à la sanguine.

157 — Grande tête de Bouchardon, Académies de Gamelin, 1765, Hallé, Jouvenet, de Lahire, 1720, Lemoine, Lépicié, 2. Pariseau. Sanguine et crayon noir.

158 — L'Été, — l'Automne, scènes pittoresques de la moisson et des vendanges. Charmantes et gracieuses compositions. 2 très-belles aquarelles.

159 INGRES, 1799. Tête de jeune garçon. Crayons noir et blanc.

160 JEANRON. Garde de 1848, affublé d'une cuirasse.

161 MARILHAC (P.), *fecit*, 1830. Marine. Aquarelle.

162 MORETTI. Intérieur, Rochers. 2 décorations théâtrales à l'encre.

163 MOUCHERON. Intérieur d'un parc avec bassins, statues, fontaines, etc., à l'encre de Chine.

164 ROBERT, 1776. Intérieur avec escaliers. Deux aquarelles.

165 **ROSETTI** (Valentini). Principes du dessin démontré en trois tableaux manuscrits, in-fol.

166 — Ruine paysage à la plume croquis finement exécuté ; Étude d'arbres, Paysages avec ruines, 2 bistres. Vues de Rodez, Cloître des Cordeliers, la cathédrale de deux différents côtés, et 5 études de paysages, 8 mines de plomb ; Tombeaux, 2 sanguines ; Paysage, têtes et académie, 4 crayons noir et autres. 19 p.

167 **SAINT-AUBIN** (Goût de). Dame jouant de la Harpe, entourée de ses quatre enfants. Jolie sépia.

168 **VANLOO.** Tête d'homme, crayons noir et blanc. Louis XIII pour son tableau, sanguine. 2 p.

169 **VERNET** (H.). Officier de cavalerie dans son manteau, léger croquis, mine de plomb.

170 **VIALLA**, 1771. Intérieurs de prisons, décorations théâtrales, au bistre. 2 p.

171 **VOUET.** Angle de plafond. Très-beau dessin au crayon noir et blanc. 4 autres dessins, figures drapées, etc., réunis. 5 p.

172 **PASTELS.** Deux têtes de femmes à coiffures poudrées et ornées de fleurs. 2 cadres ovales.

173 Fleurs, têtes, etc., à l'aquarelle ; paysages à la sépia. 15 p.

174 Fleurs, études à l'huile et têtes au crayon noir ; paysages, etc. Plus de 100 p.

[illegible]

[illegible]

[illegible]

Gegenw. 15

Vorles. 8

175 Études de mains, pieds, jambes, têtes et figures à la sanguine, et crayon noir, rehaussé de blanc, 65 p.

176 Académies, figures drapées, etc., 43. Sanguine.

177 Études de mains, pieds et grandes têtes au crayon noir, plusieurs signés *Jacques Forty*, sur papier blanc et de couleur. 80 p.

178 Académies d'après nature, d'après l'antique, figures drapées, torses, etc. 116. Au crayon noir.

179 Dessins divers. Groupes d'enfants, de Larue et autres. Sujets religieux et autres, sanguine, bistre, etc. 48 p.

180 Sous ce numéro, seront vendus nombre d'Estampes en lots que le temps n'a pas permis de Cataloguer.

Renou et Maulde, imprimeurs de la Compagnie des Commissaires-Priseurs, rue de Rivoli 144.   30580

PORTRAITS DIVERS

GRAVÉS

Par Ambroise TARDIEU

OVALE IN-8°.

Papier format in-4°. — Chaque : 25 centimes.

Addison, poëte dram. angl.
Aguesseau (H. F. d'), chancel.
Aignan (Et.), poëte lyrique.
Alembert (d'), académicien.
Alfieri (V.), poëte dramat.
Amyot (J.), évêque.
Andrieux, poëte dram., académ.
Arioste (L.), poëte italien.
Azaïs (P. H.), philosophe.
Balzac (J.-L. Guez de), acad.
Becker, général.
Belliard, général.
Berchoux, littérateur.
Berthollet, chimiste. Pair.
Bessières, maréchal.
Boileau-Despréaux.
Chasseloup de Laubat, général.
Choiseul (duc de), pair.
Colomb (Christophe).
Corneille (P.), poëte dram.
Cousin (Victor), acad.
Daunou, historien.
Dessolles, général.
Diderot, littérateur.
Etienne, poëte dram.
Fénelon, archevêque.
Français de Nantes, comte.
Gouvion Saint-Cyr, général.
Grimm (F.-M.), critique.
Horace.
Jay (Antoine), historien.
Jouy, poëte dram.
Juvénalis, poëte satyrique.
Kellermann, général, pair.
Kellermann fils, général, pair.
Klein, général, pair.
Labbey de Pompierre, député.
La Bruyère (Jean de).
Lafayette, général, député.
La Fontaine (Jean de).
Laplace (marquis de), acad.

Le Brun (prince), pair.
Lefèvre, maréchal.
Lemontey, historien.
Louis (baron), ministre.
Massillon.
Molière.
Montaigne.
Montesquieu (Ch. Secondat de).
Mortier, maréchal.
Moustalon.
Mozart.
Murat (Joachim).
Napoléon, empereur.
Ovide, poëte latin.
Pelet de la Lozère.
Percy.
Philippe II, roi d'Espagne.
Piron, poëte comique.
Pradt (D. Dufour de), archev.
Racine (Jean).
Rampon, général.
Regnard, poëte comique.
Reille, général.
Ricard, général.
Rollin, historien.
Rossini (Joachim).
Rousseau (J.-B.).
Rousseau (J.-J.).
Saint Augustin.
Saint Bernard.
Saurin (Jacques).
Scott (Walter).
Sebastiani, général.
Séguier, chancelier.
Ségur (comte de), pair.
Soules, général.
Suchet, maréchal.
Tissot (P.-F.), poëte et prosateur.
Tite Live, historien latin.
Virgile.
Voltaire.

Caylus (Marg. de Valois, comt. de).
Dacier (Anne Lefèvre).

Gay (Sophie).
Sévigné (marquise de).

Chaque : 50 centimes.

SE TROUVE CHEZ VIGNÈRES, 1, RUE BAILLET, A PARIS.

Imp. Renou et Maulde, rue de Rivoli, 144.   30580

191   Vente Banal Valentin Rosetti

Bordereau

4 Bodmer   Gigoux . 10   s
11 Callot   Varlot - 7   —
21 Severia   2 . . —
27 Goltzius   Varlot - 7   —
30 Hemskerke   Varlot - 8   —
42 petits maitres   R - 9 50 —
47 Piraneise   Heurota - 9 50 .
49 - 25 portraits   5 50
50 - 166 p.   Labrouste   9
51 - 30 port   6   .
52 - 45 port.   5 50 —
53 - 127   Labrouste - 14 50 .
     - 65   5 50 .
55 Cousin   Labrouste 8 50 .
56 Rafer   Labrouste - 13 |
62 Vignette   Labrouste - 9   .
73 Sujets religieux   Varlot — 7   —
75 Sujets historiques   Heurota 2 25 .
77 - 30 port Fournier   2   .
82 Robert Macaire   Labrouste 13   ::
84/19 16 pieces   Labrouste - 2   .
97 Hubert   Labrouste - 7 50 :
117 Animaux   Labrouste - 12   .
124 Marines   Labrouste - 10   .
129 Academies   Labrouste - 11 50 .
132 Etude académie Labrouste - 5   .
136 Academies c7 p. Labrouste - 4   —
137 figures 15.   Labrouste - 6 50 ,
145 architecture   Robert - 6   .
148 Jambes   Robert . 1   .
150 Paysages   Robert - 3 50 .
151 Croquis chasse Gigoux - 8   .
153 Bibiena   Gigoux - 13   .
156 École francaise Leblanc - 5   .
157 - 11 têtes   Labrouste - 13 50 .

                    263 25

263 25

165	Jeanron	Gigoux	.	1	.
166	Routte	Labrouste	–	4	.
168	Vanloo	Labrouste	–	12	.
169	Vernet	Gigoux	.	3	.
171	Vouet	Leblanc	–	12	50	.
175	Études 65	Robert	–	2	50	.
176	Académies 43	Robert	–	10	50	.
177	Études . 80	Robert	–	4	50	.
178	académie 116	Robert	–	13	50	.
179	7 p.	Gigoux	.	4	.
180	– 336 Bois	Varlot	–	3	.
	40 p.			5	.
	76 École française	Labrouste		3	.
	12 paysage – Hubert	Labrouste		3	50	.
	40 port. D'Homme	Labrouste		2	.

327 25
17 40
364 65